KB184193

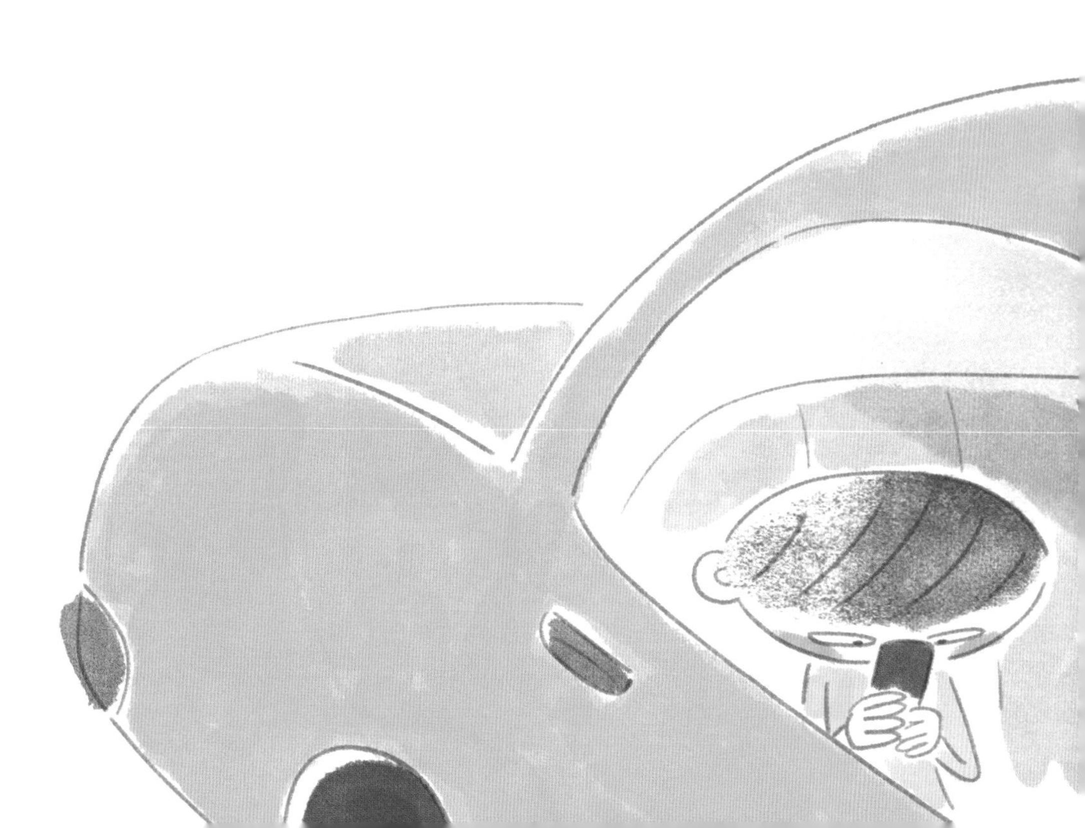

잘 가~
매일 톡 보낼게~
연락해! 벌써 보고 싶다 ㅠ
돌아와~

◆ 시 **이묘신**

2002년 MBC 창작동화대상 공모에 당선되고, 2005년 푸른문학상 새로운 시인상 및
2019년 제13회 서덕출문학상을 수상했습니다. 주요 작품으로는 동시집 〈책벌레 공부벌레 일벌레〉,
〈너는 1등 하지 마〉, 〈안이 궁금했을까 밖이 궁금했을까〉, 〈눈물 소금〉, 청소년시집 〈내 짧은 연애 이야기〉,
그림책 〈쿵쾅! 쿵쾅!〉, 〈후루룩후루룩 콩나물죽으로 십 년 버티기〉, 〈신통방통, 동물의 말을 알아듣는 아이〉,
〈어디로 갔을까?〉, 〈날아라, 씨앗 폭탄〉, 동화책 〈강아지 시험〉, 〈김정희 할머니 길〉 등이 있습니다.

◆ 그림 **전금자**

글쓰기와 그림 그리기를 좋아해 그림책 작가가 되었습니다. 첫 책 《사소한 소원만 들어주는 두꺼비》로
황금도깨비상 우수상을 받았습니다. 그린 책으로 〈날꿈이는 똥파리〉, 〈나랑 똑같은 아이〉,
〈이 씨앗 누굴까?〉 등이 있고, 쓰고 그린 책으로 〈콧수염 토끼〉, 〈우리 집은 언덕에 있어〉 등이 있습니다.

별별 동네

이묘신 시 | 전금자 그림

천개의 바람

시인의 말

‘우리’가 되는 시간

저는 30년 동안 단독 주택에서 살았어요. 그렇게 오래 사는 동안 아기 나무는 어른이 되었고, 석류나무도 많은 열매를 매달았지요.
우리 집엔 많은 꽃과 나무가 있었어요. 능소화, 매화, 단풍, 목련, 수수꽃다리, 미선나무, 수국, 돌단풍, 원추리, 비비추, 함박꽃, 국화….
나무들이 커가고, 매년 꽃이 피고 지는 걸 저는 재미있게 지켜보았어요. 늘 눈을 맞추며 그들의 일생과 함께했지요.
그러다 그들을 두고 아파트로 이사를 했어요. 이사 와서 처음엔 좀 힘들었어요. 재미가 하나도 없었지요. 모든 것이 낯설고 정이 가지 않았어요.
그러던 어느 날, 가만히 아파트 화단에 심어진 나무와 꽃의 입장에서 생각을 해 보게 되었지요.
‘나만 낯선 게 아니었어. 아파트를 왔다 갔다 할 동안
나무와 꽃도 처음 보는 내가 얼마나 낯설었을까?’

그 마음이 드니까 자꾸만 꽃과 나무에게 눈길을 주게 되더라고요. 눈을 맞추며, 마음까지 나누다 보니 새록새록 정이 들었어요. 어느새 '너와 나'가 아닌 '우리'가 되었지요.

우리 동네 아이들!
우리 동네 까치집!
우리 동네 미용실!
우리 동네 능소화!
우리 동네 고양이!
우리 동네 문방구, 우리 동네 세탁소, 우리 동네 편의점….

저는 이제 우리 동네가 참 좋아요.

단풍잎 날리는 가로수마을에서
작가 이묘신

차례

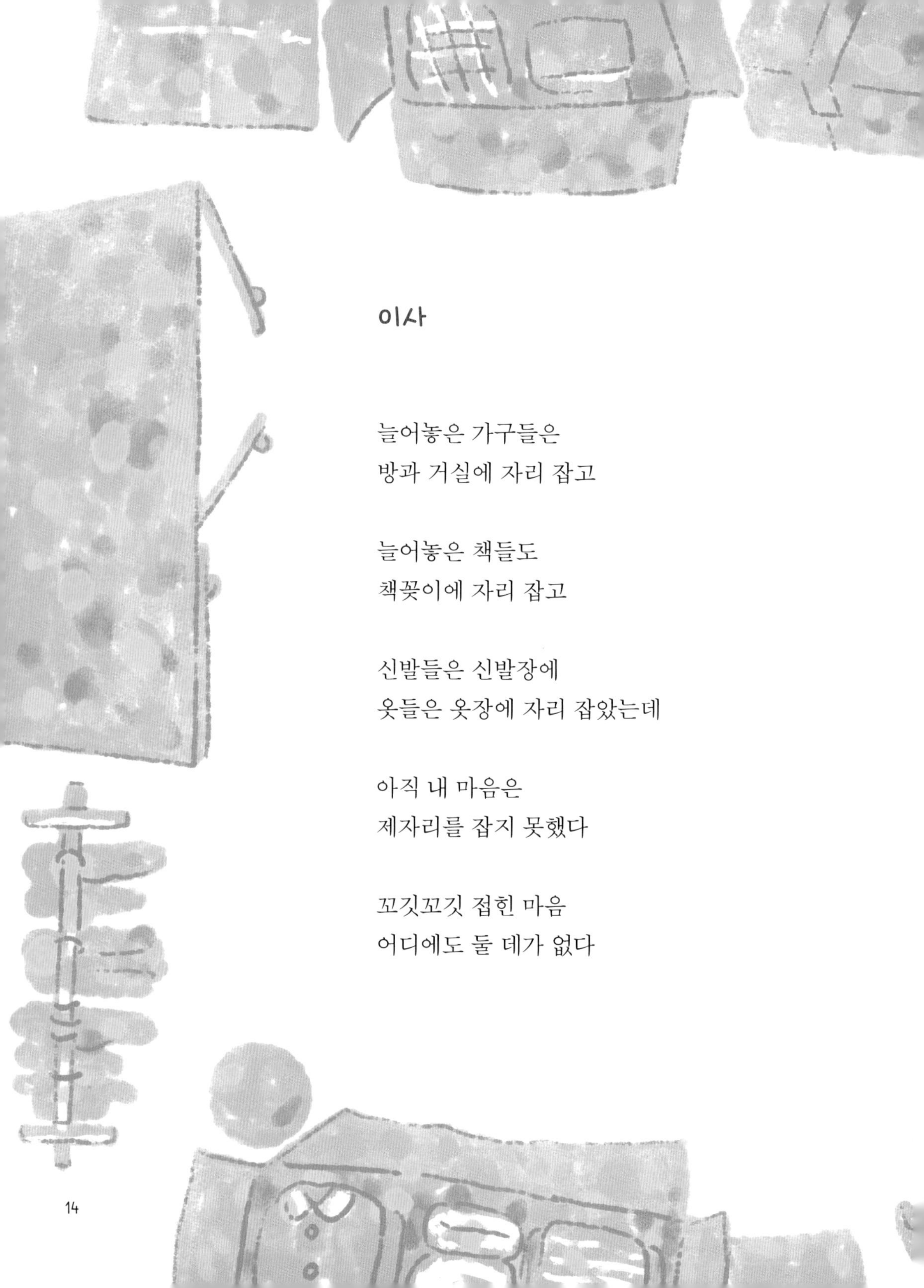

이사

늘어놓은 가구들은
방과 거실에 자리 잡고

늘어놓은 책들도
책꽂이에 자리 잡고

신발들은 신발장에
옷들은 옷장에 자리 잡았는데

아직 내 마음은
제자리를 잡지 못했다

꼬깃꼬깃 접힌 마음
어디에도 둘 데가 없다

사진 한 장

도하가 보내온 톡
그 속에 사진 한 장 있다

어? 우리 학교 운동장이네

운동장에서 축구도 하고
자전거 타며 놀던 일
도하도 생각났나 보다

아는 얼굴 만난 듯 반가워
그곳으로 뛰어가고 있는 마음

아! 이제 우리 학교가 아니구나

2:03 PM
도하짱
동네 사진 찍어서 보내 줘야 돼~

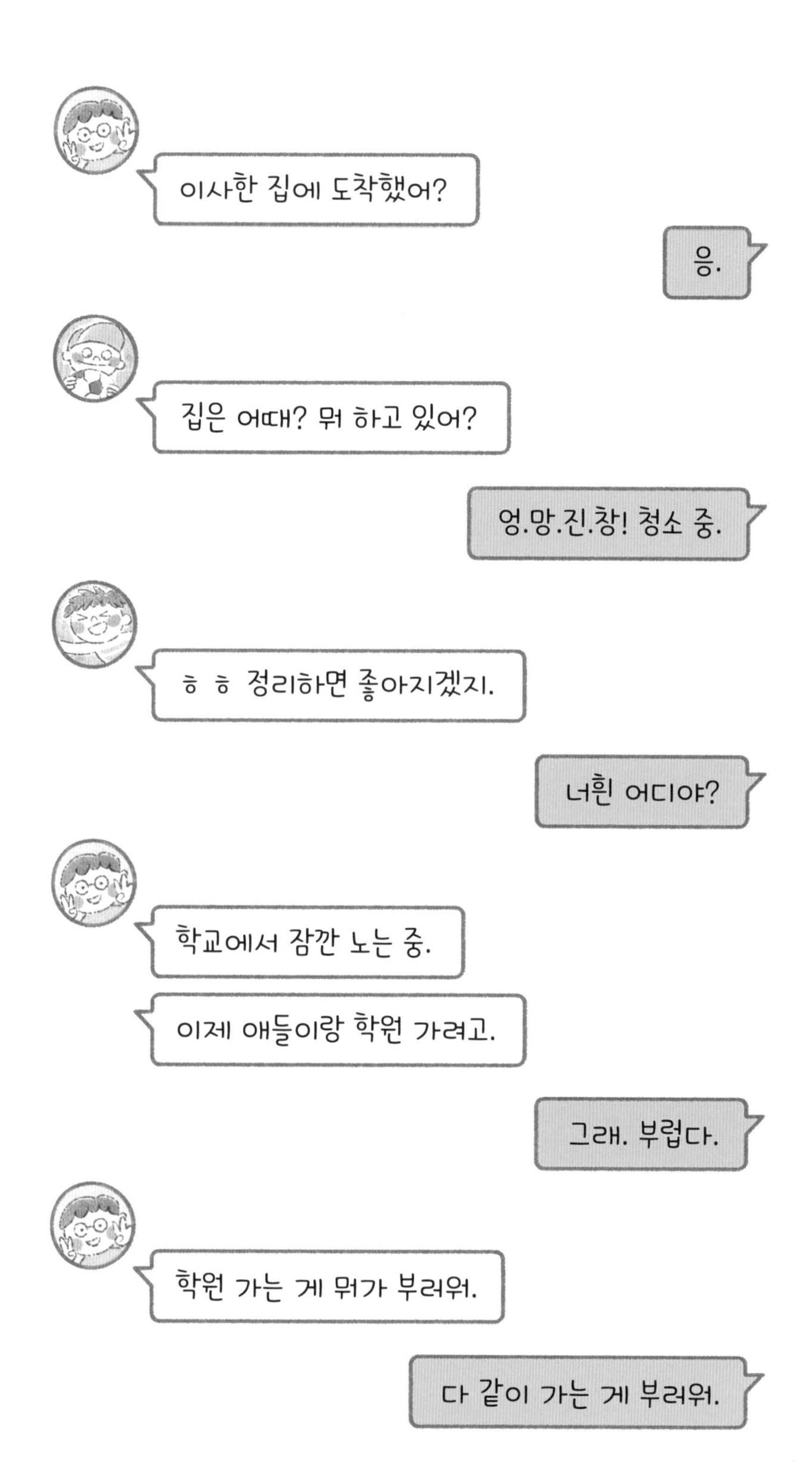
이사한 집에 도착했어?
응.
집은 어때? 뭐 하고 있어?
엉.망.진.창! 청소 중.
ㅎㅎ 정리하면 좋아지겠지.
너흰 어디야?
학교에서 잠깐 노는 중.
이제 애들이랑 학원 가려고.
그래. 부럽다.
학원 가는 게 뭐가 부러워.
다 같이 가는 게 부러워.

갈 데가 없다

집에 있기 답답해서
밖으로 뛰쳐나갔다

고갯길을
단숨에 뛰어오른다

온몸이 까만 고양이가
급히 도망치고

천천히 오르막 오르는
할머니도 휙, 지나쳐

마을 언덕 꼭대기에 올라
휴우, 휴우 가빠진 숨을 고른다

누구 하나 괜찮냐고
묻는 사람이 없다

새로 이사 온 동네
갈 데가 없다

아무도 없다

마을 언덕 꼭대기에
우뚝 서서 동네를 내려다본다

산꼭대기에 오를 땐
아이구, 잘 가네
산꼭대기에 올라서면
우리 아들, 정말 멋지다!
등을 두드려 주던 아빠 손
바람까지 잘했다며
내 머리를 쓸어 주었다

칭찬의 말도 없고
토닥여 주는 손도 없고
바람까지 없는 지금

나만 있다
혼자서

이사 날엔
자장면이지!
어디 갔다 와?
얼른 와서 자장면 먹어.

전에 살던 동네
자장면이랑
맛이 좀 다른데?
아빠는 달라도
맛있는데.

참, 학교는
언제부터
가는 거야?
그때까지 놀지만 말고
집에서 공부도 해.
알았지?
방학이 이번 주까지래.
다음 주부터 가면 돼.

귀를 막고 싶다

아들! 이사 왔으니 새 마음으로, 알지? 파이팅!
엄마가 내 등을 툭 친다

넌 네 방 좀 치우지 그게 뭐니?
옷 좀 단정히 입지
말 좀 크게 해!
책 좀 보라니까!

엄마가 그럴 때마다
새 마음 되려는 다짐은
지구 밖으로 달아나 버린다

잔소리는 이사 올 때 버리고 오지
왜 데리고 왔을까?

책 좀 봐라

말 좀 크게 해!

방 좀 치우지 그게 뭐니?

옷 좀 단정히 입지!

파이팅!

새 마음으로, 알지?

중독

세 시간만 텔레비전 봐도
텔레비전 중독이라고 했지?

두 시간만 놀아도
노는 중독 걸렸다며?

한 시간만 게임 해도
게임 중독이라더니

하루 종일 책 읽을 때는
왜 책 중독이라고 안 해?

왜 엄마, 아빠는
흐뭇하게 바라보는 거냐고!

국어

뭐 하냐?

집에 누워 있음.

학교는?

별로. 다음 주에 개학이야.

친구는?

별로. 그냥 다시 이사 가고 싶다.

왜?

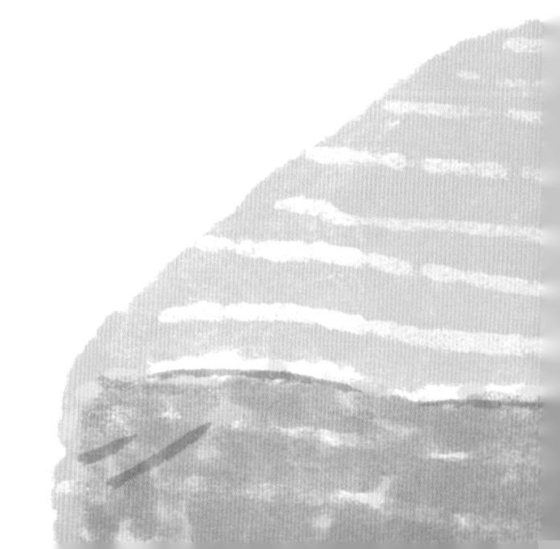

그냥, 마음에 안 들어. 다 별로. 별로별로 동네야.

동네가 어떤데? 사진 찍어서 보내 봐.

나중에 보내 줄게.

그래. 궁금하다.

마음 먹기

나는 하루에
밥을 세 번 먹는다

마음은
다섯 번도 먹는다

화내지 말자
엄마랑 싸우지 말자
만화책만 보지 말자
약속을 잘 지키자
먹는 거로 욕심부리지 말자

마음을 많이 먹으면
배는 안 부르고
머리가 불러 터질 것 같다

'곧'은 언제일까?

이사 와서 힘든지 정우가 자꾸 겉도네
엄마가 내 이야기를 한다
어쩔 수 없지. 여기도 '곧' 좋아질 거야
아빠는 내 마음을 알기나 할까?
아빠도 친구 없이 살아 볼래?
아빠가 내 마음을 읽어 주면 좋겠다

너희 동네 사진 언제 보낼 거야?

골목길에서 만난 의자

골목길 오르막 끝

글쎄, 거기 고물상 옆에
못 보던 초록색 나무 의자가
턱, 놓여 있다

골목길 오르내리며
쉬고 싶을 때
앉을 수 있는 의자

작은 나무 아래
두세 명 앉을 수 있는
작고 귀여운 의자

누가 만들었을까?

고물상

의자 아래엔

나도 모르게
나무 의자에 털썩 앉았다

휴우, 휴우
자꾸만 나오는 한숨

한숨 쉬고 나면
좀 편안해지는 마음

나무 의자 아래엔
내가 쉰 한숨이 수두룩 빽빽

휴우
휴
휴우
휴우
휴
휴
휴우
휴우

오, 뭔가 영화 속 한 장면 같은데?

너희 동네 멋지다.

너희 동네 아니고, 남의 동네거든.

고물상

할머니 아들 이야기

여기 좋지? 우리 아들이 만든 거여
할머니가 내 옆에 앉으며
아저씨 이야기를 한다

여기 고물상이 아들 놀이터나 마찬가지여
손재주가 얼마나 뛰어난지
남이 버린 물건도 다 고친다니께

이렇게 할머니 이야기를 듣고 있으니
내가 어릴 때부터 아저씨를
잘 알고 있는 사이처럼 느껴진다

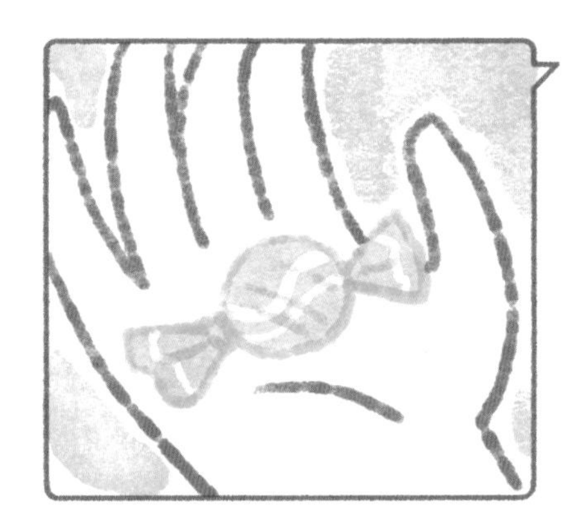

웬 사탕?

의자에 앉아 있으니까 어떤 할머니가 주심.

오~ 왜 주신 거야? 설마, 너 예쁘다고?

ㅋㅋ 아니, 말 잘 들어줘서 그랬나?

무슨 말?

자기 아들 자랑 ㅋㅋ

ㅋㅋ 그러면 나도 너희 엄마한테 사탕 받았어야 하는데!

왜?

전에 너희 엄마가 전학 간다고 인사하러 왔을 때,
네 자랑 엄청 하셨거든! 내가 다 들어줬다. ㅎㅎ

우리 엄마가? 무슨 자랑?

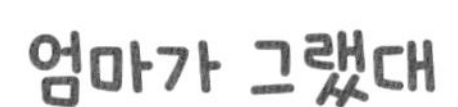

엄마가 그랬대

정우야, 너는
자전거 배울 때 그랬대

한 번 넘어지고 벌떡 일어나
이제 한 번 넘어졌어
울지도 않고 이렇게 말했대

자전거는 다섯 번만 넘어지면
잘 탈 수 있다고 아빠가 얘기했다면서
앞으로 네 번 남은 거야
아주 씩씩하게 말했대

그러면서 너네 엄마가 그랬어
정우, 너는 거기 가서도 잘할 거라고

엄마가 날 제대로 본 걸까?

엄마의 카톡

이사 오기 전 받은
엄마의 카톡을 다시 본다

우리 아들 괜찮을 거야. 미안하고 고마워. 사랑해!

'뭐가 괜찮다는 거지?'
'미안하면 이사 가지 말지'
'할 말 없으면 사랑한대'

짜증 나서 투덜거렸던 그 문자가
오늘은 달리 보인다

엄마의 미안함
엄마의 걱정
엄마의 사랑
엄마의 응원까지

그 짧은 말 속에
다 들어 있다

뭐 해?

나는 학원 가는 중. 너는?

난 초록이랑 있음.

초록이? 친구 생겼어?

응. 나무 의자. ㅎ

고물상

할머니를 통해 알게 된 사실은

내 친구 의자
그 의자에 앉은 할머니도
내 친구다

요기 감나무집에서 고양이 밥을 줘
저기 꽃집은 개가 얼마나 큰지 보기만 해도 무서워
저기 모퉁이 삼겹살집 사장님은 인심이 좋아
요 아래 분식집은 아줌마가 다쳐서 문을 닫았어
철물점 손자도 4학년 되는데 축구를 잘 해
.
.
.

한 사람을 알았을 뿐인데
동네 사람 모두 알게 생겼다

안녕,
꽃집
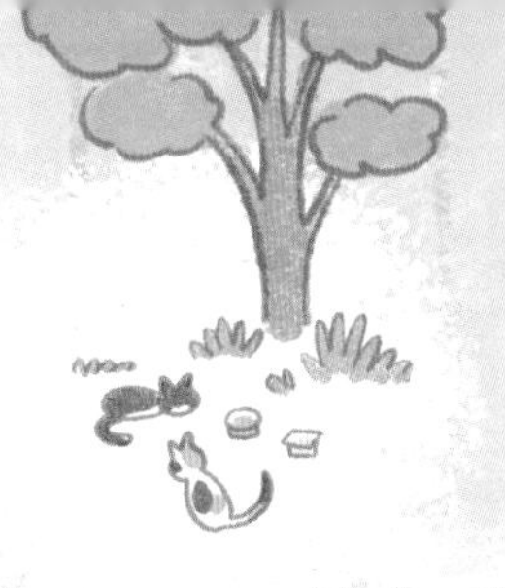

우리분식

모퉁이 삼겹살

친절한
철물점

할머니, 볕 쬐고 계시나 보네.
옆에는 손자예요?
아, 안녕하세요.
고맙습니다.

오, 철물점 경준이구나.
너 이제 4학년 되지? 얘 너랑 친구다.
안녕하세요.

아이고 우리 아들 왔네.
저 아랫집에 이사 왔대.
내 말동무 해 줬어.
어머니, 거기서 뭐 하셔?
옆에 애는 누구야?

괜히 애 오래 붙잡고 말 걸지 마요.
부모가 뭐라고 해.
너 이름이 뭐니?
이정우요.

그래. 정우야,
할머니랑 말동무 해 줘서 고맙다.

그러는 사이

난, 산책하러 나온 것 뿐인데
난, 할머니에게 인사한 거 뿐인데
난, 심심해서 자꾸만 의자에 간 것 뿐인데
난, 할머니 이야기를 들어준 거 뿐인데

그러는 사이
이 나무 의자가 좋아지고
이 동네가 조금 좋아졌다

고물상
패랭이

모르지만 좋은 아저씨

삐삐삐삐~
골목길 걸어가는데
뒤에서 들리는 소리

뒤돌아보니
어떤 아저씨가
자전거를 타고 내려온다

자전거 벨 소리 대신
입으로 내는 새소리에
난 웃으며 길을 비켜 주었다

삐-삐--삐-삐--삐 삐

어, 이거….

어, 고마워.

잠깐만,
?

나는 한경준,
넌 이름이 뭐야?
나는 이정우.

아, 정우야.
고마워. 또 보자!

내 이름 부르기

가장 좋아하는 말이 뭐예요?
언젠가 선생님 물음에
아이들이 대답했지
돈이요
사랑이란 말이요
친구란 말이 좋아요

하지만 내가 좋아하는 말은
정우야, 하고
불러 주는 내 이름이야

정우야, 이정우! 하고
친구가 다정하게 불러 주면
더더더 좋지

정웅아
정웅아
와삭
바삭

소개하기

과자 한 봉지에
내 이름을 불러 준 경준이가

과자 한 봉지에
친구가 된 경준이가

나를 데리고 다니며
온 동네를 다 소개시켜 준다

다리가 아파서
얼른 뛰어올랐다

이젠 내 차례다
초록이를 소개해 줘야지

주민센

길

어제까지만 해도
다리만 아프던 언덕길이

경준이랑 같이 뛰니까
재밌는 길이 되었다

자꾸만 가고 싶은
새로운 길이 되었다

뭐 하냐?
바쁜가 봐?

까치집

우아!

오늘 본 큰 나무들마다
한두 채씩 들어 있는 까치집

가족끼리 모여 사는 건지
이웃인지 모르지만

여기는 까치들도 살기 좋은
동네인가 보다

우리 분식

아줌마 되게 좋아
떡볶이도 맛있고 많이 준다

팔을 다쳐서 잠깐 문을 닫았다는
우리 분식집

분식집 유리문에
메모지가 붙어 있다

빨리 나아서 오세요.

건강하세요.
떡볶이 맨날 먹고 싶어요.

이거 네가 쓴 거 아냐?
내 말에 펄쩍 뛰는 경준이

그러니까 좀 수상하다

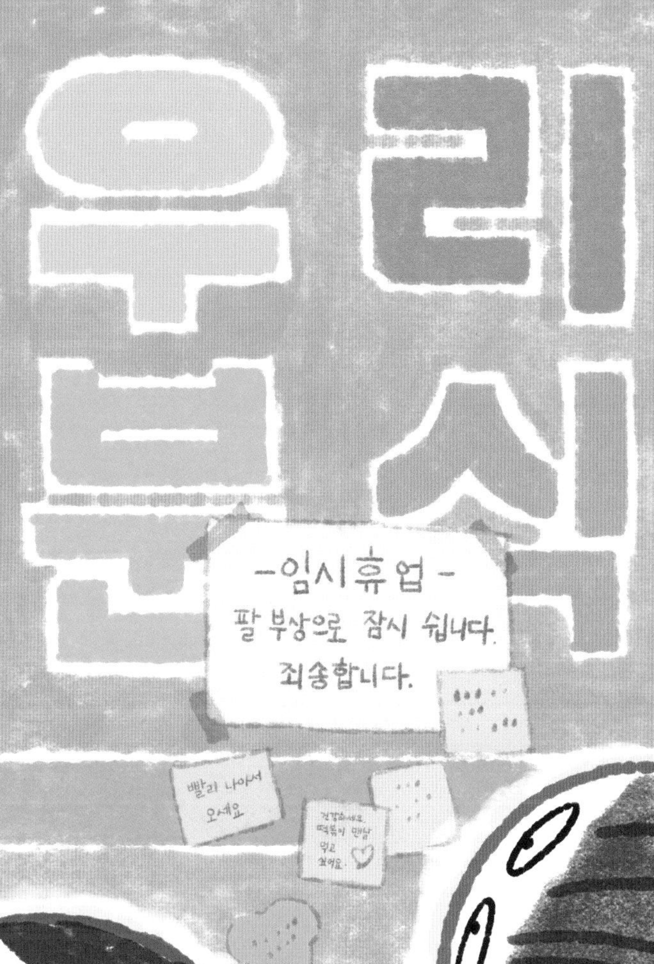
-임시휴업-
팔 부상으로 잠시 쉽니다.
죄송합니다.
빨리 나아서 오세요
건강하세요. 떡볶이 맨날 먹고 싶어요.

빵집

냄새 값

'하덕신 빵집' 앞을 지난다

냄새는
빵집 안을 가득 채웠는지
밖으로도 흘러넘친다

침이 꼴깍 넘어간다
맛있는 냄새 값도 안 내고
그 자리를 벗어났다

내 마음에 드는 간판 이름

친절한 철물점
경준이네 가게

안녕, 꽃집
나도 모르게 손 흔들고 싶다

밝은 안경원
눈뿐만 아니라 마음까지 밝아질 것 같다

우리 분식
경준이랑 우리끼리 떡볶이 먹고 싶다

밝은안경원
안녕,
꽃집
친절한 123-4567
철물점
우리분식

나무 이사

트럭에 누워
실려 가는 나무

나무는 고향 떠나
어디로 살러 갈까?

우리

고양이 그림자는
고양이를 베끼고

나무 그림자는
나무를 베끼고

경준이와 내 그림자는
우리를 베끼고

진짜 재밌는 곳 보여 줄까?
진짜 재밌는 곳?

여기야. 우리 아지트.
우리 아지트?

응. 석우랑 준한이랑 셋이서 만들었어.
여기에 비밀을 모아 두는 거야.
경고! 열지 마시오
석우
준한
경준

네 비밀도 여기에 담아.

사탕 껍질

앗!
주머니에 손을 넣었는데
뭐가 만져졌다
바스락거리는 사탕 껍질

며칠 전 경준이는
사탕 하나를 흔들며
문제를 냈다

솜○○, 별○○
왕○○, 알○○
여기 들어가는 답은?

사탕!
얼른 답을 맞히고
상품으로 사탕 하나 받았다

혼자 먹기 미안해
주머니에 넣어 두었는데
나 대신 세탁기가 먹었다

세탁기도 빨래하다 힘들어
사탕을 먹었을 거다
야금야금 맛있게 먹었을 거다

?

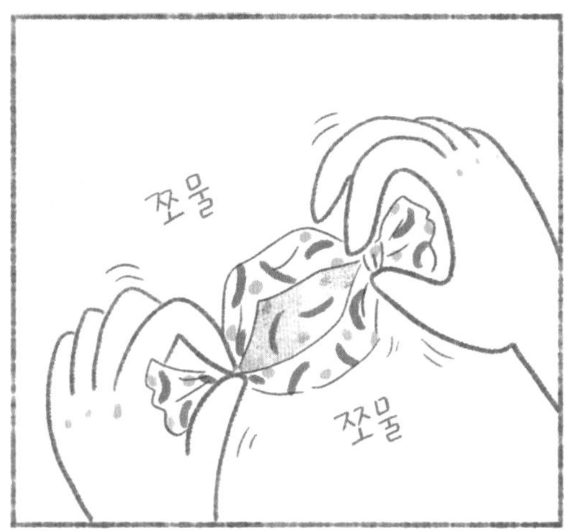
쪼물
쪼물

여기에
내 속마음을 담았어.
뭐야?

보면 안 돼!

무슨 속마음?

사실

이 동네로 이사 온 게 싫었어

높은 아파트에 살 때는 좋았는데
(그땐 나무 정수리를 보았지만 아래서 보는 것도 좋아)

주택은 낮아서 창밖도 잘 안 보이잖아
(집만 나가면 볼 것들이 더 많아)

거기까지는 참을 수 있었는데

여긴 내 친구들도 없잖아
(이젠 의자 친구, 나이 많은 친구, 또래 친구도 생겼어)

사실, 지금은 좀 재밌을 것 같아
앞으로가 엄청 기대되거든

학교 가면 더 재밌을 거야.

석우랑 준한이, 엄청 웃긴 애들이거든.

그리고 여자애들 중에 미현이는 태권도 하니까 조심해. 또…….

고물상

사람 보는 눈

감나무 아래
고양이 밥과 물통이 있다

햇볕 잘 드는 곳에서
고양이 두 마리가 장난치고 있다

밥 잘 주는 아줌마를 알아본 고양이
사람 보는 눈이 뛰어나다

돌멩이 글자

까만 기왓장에
하얀 글자 이름표

패 래 이

동그란 돌멩이
지워진 글자 아래 놓았다

제 이름 찾은 패랭이꽃
올해는 더 환히 피겠다

바빠?

미안, 톡을 지금 봤어.

뭐 했는데?

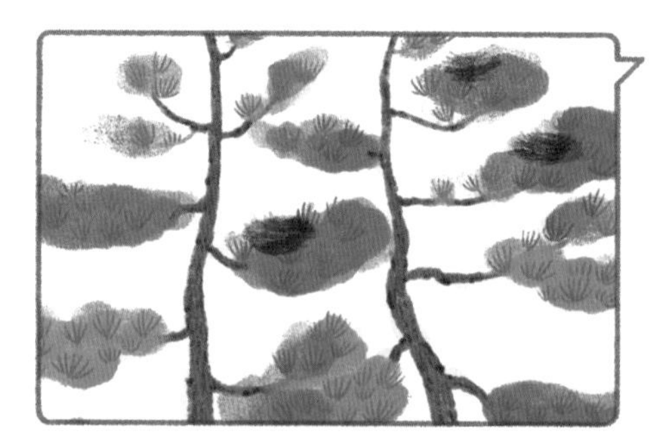

와, 멋지다. 고양이도 있어?

응. 고양이도 많고 재밌는 곳도 많아.

우아, 놀러 가고 싶다.

응, 꼭 놀러 와!

우리 동네 지도

내가 직접 발로 뛰고 그린
우리 동네 지도

그 지도 속에는

초록 쉼터 의자
고물상과 할머니
감나무 아래 길고양이들
삼겹살집, 꽃집, 철물점, 분식집,
모두 들어 있다

아침마다 경준이랑 같이 갈
우리 학교가 있다

우리 가족 사는 집은
제일 예쁘게 그렸다

별별동네

안녕 꽃집

모퉁이 삼겹살

우리분식

우리 분식

친절한 철물점

우리집

동시책 06

별별 동네

펴낸날 초판 1쇄 2024년 11월 29일

시 이묘신 | **그림** 전금자
편집 박종진 | **디자인** 김윤희 | **홍보마케팅** 이귀애 이민정 | **관리** 최지은 강민정
펴낸이 최진 | **펴낸곳** 천개의바람 | **등록** 제406-2011-000013호
주소 서울시 영등포구 양평로 157, 1406호
전화 02-6953-5243(영업), 070-4837-0995(편집) | **팩스** 031-622-9413

ⓒ이묘신·전금자, 2024 | ISBN 979-11-6573-583-8 73810

* 이 책은 저작권법에 따라 보호받는 저작물이므로 무단전재와 무단복제를 금지하며,
이 책 내용의 전부 또는 일부를 이용하려면 반드시 저작권자와 천개의바람의 서면 동의를 받아야 합니다.

* 잘못 만든 책은 구입하신 서점에서 바꾸어 드립니다. 천개의바람은 환경을 위해 콩기름 잉크를 사용합니다.
* 종이에 베이거나 긁히지 않도록 조심하세요. 책 모서리가 날카로우니 던지거나 떨어뜨리지 마세요.

제조자 천개의바람 **제조국** 대한민국 **사용연령** 8세 이상